○눈앞의 학생 (토라노아나

방과 후, 코엔지 로쿠스케와의 2자 면담이 끝나고 정적이 찾아온 진로상담실.

"후우…… 정말 힘든 학생이라니까, 코엔지는."

대화가 대화로 성립하지 않아서, 교사가 써넣어야 하는 칸이 가관이었다.

나는 외면하고 싶어지는 태블릿 화면을 바라보며 한숨을 푹 내쉬었다.

진로 희망에는 자유인, 인간관계는 필요 없음, 고민은 육체 개조에 관하여 등등.

"이딴 걸 냈다간 위에서 무슨 소릴 들을지 모르겠는데."

하지만 대충 거짓말로 바꿔 써넣을 수도 없는 노릇이니까.

표현을 조금 순화해서 내는 수밖에 없겠지.

"괴짜가 코엔지 한 명이면 나도 그나마 편하겠지만……."

남은 마지막 한 사람은 코엔지와 동급으로 힘들 가능성이 있는 아야노코지다.

솔직히 어떤 2자 면담이 될지 상상이 될 듯하면서도 되지 않는다.

코엔지의 프로필을 고치고 있는데 진로상담실에 노크 소리가 들렸다.

"실례하겠습니다."

그런 성실한 목소리와 함께 아야노코지가 들어왔다.

"왔어? 여기 앉아라."
코엔지에서 아야노코지로 프로필을 바꿔서 새하얀 일람을 띄웠다.
"바빠 보이시네요."
"담임은 이 시기가 되면 싫어도 바빠지지. 그래도 오늘이면 2자 면담도 끝난다고 생각하니까 기분도 조금은 가벼워지네. 괴짜 둘을 제일 마지막 순서로 돌린 건 정답이었어."
우선은 아야노코지에게 앉으라고 지시한 후, 마주 보았다.
"괴짜 둘… 이라니요."
"뭐야, 코엔지랑 동급으로 취급하니까 충격이야?"
성질은 완전히 다르지만 둘 다 틀림없는 괴짜다.
"아무 생각도 안 했다고 하면 거짓말이겠죠."
"코엔지가 더 괴짜 같아? 뭐, 그렇게 생각하고 싶은 마음도 모르는 건 아닌데, 내가 보기엔 그다지 큰 차이가 없어. 너도 충분히 괴짜야."
한 가지 확실한 건 비교는 당하고 싶지 않았다는 부분이겠지.
"자. 학생 개개인과 대화할 기회는 그리 많지 않지. 진로에 관해 얘기하기 전에 학교생활부터 들어볼까. 학교 측이 개선했으면 하는 점이 있으면 말해줄래?"
"딱히 없는데요. 개인적으로는 만족하고 있어서."
"그래? 교우관계에 고민이 있다거나 상담하고 싶은 건?"
"없어요."
역시 괴짜다. 코엔지와 다르게 단적이고 군더더기는 없지

만 공통적으로 알맹이가 없다.
“다른 학생들은 대부분 한두 개쯤 의견을 내거나 없어도 고민하는 척은 했는데. 몸을 사리는…… 것도 아니겠지.”
교사로서 조금이라도 더 끌어내려고 했지만, 아야노코지의 반응은 한결같았다.
“정말로 불만이 없어서요.”
“뭐, 그렇다면 상관없지만. ……정말 아무것도 없는 거지?”
“없어요. 학교생활에 만족하고 있고 갈등도 딱히 없고.”
“그렇구나…… 그렇다면 아주 좋은 일이지.”
“차바시라 선생님도 많이 바뀌셨네요.”
나는 태블릿에 입력하던 손을 멈추었다.
이상하게도 내가 아야노코지에게 면담을 당하고 있다는, 그런 기분이 들었기 때문이다.
“바뀐 건 모르겠어. 단지, 예전보다 솔직해졌다고 하는 게 맞을지도 모르겠구나.”
눈앞의 학생은 나보다 한참 어리다. 그런데 왜 이따금 내 또래, 심하면 나보다 훨씬 나이 먹은 사람으로 보이고 마는 걸까.
이 느낌을 내가 있는 그대로 받아들이려면 용기가 필요하다.
곤란을 겪고 있는 사람이 있으면 손 내밀어 주고, 잘못을 저지른 사람이 있으면 바로 잡아주어야 한다.
교사가 반 학생들을 보는 눈은 언제나 평등해야만 한다.
하지만…….

아야노코지는 그 틀에서 아무렇지 않게 벗어난다.

내 약점을 알아줬으면 좋겠다고, 그런 식으로 느껴 버릴 때가 있다.

원래 학생이 교사에게 가지길 바라는 감정인데도 말이다.

"……흠. 좌우지간. 앞으로도 학교생활을 하다가 뭔가 마음에 걸리는 부분이 있으면 거리낌 없이 말해주길 바란다."

쓸데없는 잡념을 걷어내기 위해 헛기침을 했다.

지금 내 눈앞에 있는 것은 소중한 학생.

그 이상도 그 이하도 아니다.

"진학과 취업 중 어느 쪽을 희망하는지, 생각이 정해졌다면 말해줄래?"

기묘한 느낌을 얼버무리기 위해 이야기를 진행하기로 했다.

○잊고 싶지 않은 추억 (멜론북스)

카드 한 장을 왼손에 쥔 모리시타 씨가 팔을 앞으로 스윽 내밀었습니다.

오른손에는 네 장의 카드가 들려 있습니다.

"자, 시이나 히요리. 마음껏 원하는 카드를 뽑으세요."

이 게임은 마지막에 조커를 가진 사람이 지는 방식입니다.

그러니까…… 역시 왼손에 있는 한 장이 수상하다고 봐야 할까요?

"뭔가…… 좀 마음에 걸리네요, 그 한 장."

"그렇죠? 이거야말로 제가 생각한 고도의 전략이랍니다."

하지만 조커를 이렇게 노골적으로 들까요?

"어떻게 할까요……."

본능적으로는 네 장 중에 한 장을 골라야 한다고 느끼지만, 모리시타 씨의 여유로움이 여기까지 전해져 왔습니다. 5분의 1의 확률로 조커를 뽑게 하는 게 아니라 조커가 아닌 카드 한 장을 고립시킴으로써 4분의 1인 것처럼 꾸민 게 아닐까요?

아니, 역시 그거야말로 의도한 것이고 이쪽이 조커일까요?

——전혀 모르겠어요.

진지하게 고민하던 제가 문득 모리시타 씨 뒤에 앉아 있는 아야노코지 군을 보았는데, 그의 눈이 모리시타 씨의 카드에 쏠려 있었습니다.

JOKER

바로 그때.

그의 표정이 드러난 게 하나도 없는데, 그런데도……

저는 이상하게도 아야노코지 군의 감정을 읽어낸 듯한 느낌이 들었습니다.

모리시타 씨가 들고 있는 한 장 쪽이 조커라고.

그렇게 보고 있는 것만 같았습니다.

"자, 어서 원하는 걸 뽑아요."

그래서 오히려 저는 약간 비겁하다는 생각이 들어 네 장 중에서 고를 수 없게 되었습니다. 그대로 한 장 쪽을 뽑았습니다.

뒤집으니…… 그 한 장은 역시 조커였습니다.

조금 충격이었던 건 분명하지만, 그 이상으로 안도했습니다.

아야노코지 군에게 받은 느낌이 착각이 아니었다고 증명된 것 같았기 때문입니다.

그 후에도 저는 게임을 즐겼습니다.

학교생활, 입학 초기에는 상상하지 못했던 친구들과의 소중한 시간.

신경 쓰이는 사람과 보내는 소중한 시간.

오래도록 기억하고 싶은 추억.

이 학교생활이 하루라도 더 길게 이어지면 좋겠다고, 그렇게 바라지 않을 수 없었습니다.

○대신 들어 주세요 (게이머즈)

교류회도 벌써 3일 차가 되었습니다.

하시모토 마사요시의 동향을 살피기 위해 아야노코지 키요타카를 감시하다가 우연히도 같은 그룹이 될 수 있었습니다. 그런데도 정보를 얻을 기회가 좀처럼 찾아오지 않아 난감한 상황입니다.

그 두 사람은 만났을까요.

손을 잡기로 정했을지, 아니면 저의 기우일지.

그걸 알고 싶어요.

사카야나기 아리스를 지키기 위해서도, A반을 지키기 위해서도 아니라.

제가 저를 위해.

그리고 덮쳐오는 인정 욕구를 채우기 위해서입니다.

살인사건 현장에 나가는 탐정은 분명 이런 충동과 매일 싸우겠죠.

"교류회 시간 다 됐는데."

뒤에서 목소리가 들려왔습니다.

"모리시타?"

대답하지 않으니 이름을 불렀습니다.

하지만 저는 무시하고, 나무에 손을 댄 부분을 통해 소리를 포착하려고 했습니다.

"잠깐만 조용히 해주시겠어요? 지금 저는 숲의 소리를——

듣고 있었답니다.”

뒤에서 들어오는 방해를 뿌리치고 의식을 집중했습니다.

“……응? 숲의 소리, 라니?”

시끄럽네요.

제가 친 덫에 걸려들어 준 것 같지만, 지금은 조금 방해가 됩니다.

“모르나요? 숲은 살아 있어요.”

이해하기 쉽게 설명을 이어 나갔습니다.

“이렇게 큰 나무에 손을 댄 채 눈을 감고 마음을 가다듬으면서 귀를 기울여 봐요. 그렇게 하면 제 말뜻을 이해할 수 있을지도 몰라요.”

“……아하?”

아무래도 이해가 안 된 모양입니다.

뭐, 상관없어요. 어쨌든 불러내는 데는 성공했으니까.

아야노코지 키요타카는 정말 흥미로운 존재입니다.

아무리 가까이에서 봐도 인간으로서의 본질이 보이지 않아요.

어디까지가 진심이고 어디까지가 농담인지, 그 라인이 흐릿합니다.

알고 싶어요. 그에 대해 더 알고 싶어요. 알고 싶어서 견딜 수가 없습니다.

여기서 한번, 숲의 소리에 귀를 기울여 저 대신 의견을 듣게 하기로 하죠.

ISBN 979-11-384-8371-1
ISBN 979-11-6611-455-7 (세트)

정가 8,500원

어서오세요 실력지상주의 교실에 2학년 편

Welcome to the Classroom of the Second-year

S NOVEL